위대한 바보,
그 이름 어머니!

푸른시선
104

위대한 바보,
그 이름 어머니!

박 영 원 시집

푸른사상
PRUNSASANG

| 여는 넋두리 |

아무리 세월이 흘러가도
잊을 수 없는 것은 그리움이 됩니다.

그리움이 겨우면 눈물이 되는데,
눈물 어린 사랑일수록 더욱 그립습니다.

어느 때부터인가, 뜨거운 그리움이
무시로 솟구칠 때마다
그 눈물 찍어 기록한 넋두리들,
서산마루에 대롱대롱 매달린
쭈그렁 까치밥 되어 옷깃 여미고
주섬주섬 한 종지에 담아보았습니다.

그릇이 작아 넘친 그리움은
다음 그릇에 담기로 기약하면서……

2015년 4월
분당 불곡산 자락 우거에서
박 영 원

■ 여는 넋두리

제1부 추모의 정 1

15   그리운 조부모님

16   할아버님 회상

20   할머님 회상

22   옛날얘기 2

24   사부곡(思父曲) 1

25   〈사부곡 2〉 '아버지'의 무게

26   〈사부곡 3〉 나침반

28   〈사부곡 4〉 석고대죄 5

30   〈사부곡 5〉 거울

32   순망치한(脣亡齒寒)

34   〈그리운 아우들에게 1〉 편지 2

36   〈그리운 아우들에게 2〉 편지 3

제2부 추모의 정 2

39   유언

40   임종기(臨終記)

42   사모(思·母)의 정

46   모정

47   상처

48   어머님께 올립니다

50   〈속(續) 사모곡 2〉『사모곡』을 상재하며

51   〈속 사모곡 3〉『사모곡』 상재 이후

52   〈속 사모곡 4〉 천장(遷葬)을 뫼시며

54   〈속 사모곡 5〉 하얀 밤

55   〈속 사모곡 6〉 기제지정(忌祭之情)

56   〈속 사모곡 7〉 회초리

57   〈속 사모곡 8〉 꽃

58   〈속 사모곡 9〉 끊이지 않는 강물

59   〈속 사모곡 10〉 그 이름 1

60   그 정성 때문에

62   설날 아침에

제3부 위대한 바보, 그 이름

67   학(鶴)

68   위대한 바보 1

69   위대한 바보 2

70   위대한 바보 3

72   늪

74   당신은 눈물이셨습니다

75   몰랐습니다

76   그분은 바로

78   어머니는 그곳에 계셨습니다

제4부 어머니, 어머니!

83 　 어머니의 가치

84 　 그 이름 2

85 　 당신은 눈물

86 　 첫사랑 여인

88 　 첫사랑 1

89 　 첫사랑 2

90 　 첫사랑 3

91 　 울음이 되는 이름

92 　 지고지순의 사랑

93 　 영원한 고향

94 　 어머니의 사계

96 　 어머니

97 　 불후의 명작

98 　 우주

100 　 아린(芽鱗)

제5부 그리움은 강물처럼

103 그런 전화 없나요?

104 눈물이 난다 1

106 눈물이 난다 2

108 눈물이 납니다

109 눈물 1

110 눈물 2

111 흐느끼는 카네이션 1

112 흐느끼는 카네이션 2

114 〈민조시〉 약손

115 〈민조시〉 고희(古稀) 젖먹이

116 어머님 전 상서

118 문안드립니다 1

120 문안드립니다 2

122 울보

123 허공의 메아리

124 그리운 것은

126 밥

128   개떡 1

130   샘물

132   연시(軟柿)

제6부 석고대죄

135   사죄의 넋두리

136   석고대죄(席藁待罪) 1

138   석고대죄 2

140   석고대죄 3

142   석고대죄 4

145   〈민조시〉 이유

■ 닫는 넋두리

제1부

추모의 정 1

그리운 조부모님

할아버님 회상

할머님 회상

옛날얘기 2

사부곡 1

'아버지'의 무게

나침반

석고대죄 5

거울

순망치한

편지 2

편지 3

그리운 조부모님

할머니 할아버지, 몹시도 그립습니다.
생전에 종손 사랑 극진도 하시더니
마지막 떠나실 때도 제 임종 받으셨죠.

떠나신 세월만큼 아련한 그 사랑에
희미한 모습만큼 이 몸도 바랬지만,
불현듯 그리울 때면 어제 뵌 듯합니다.

노을 속에 피어나는 짙붉은 그리움을
가슴속 강물 위에 반추(反芻) 삼아 띄워놓고
희미한 추억을 낚아 깊은 은공 되새깁니다.

드리운 석양 노을 서산에 걸렸으니,
조만간 찾아뵈면 '손주 왔다' 반기실까.
생전의 극진한 사랑, 가슴 찡한 그리움.

근엄하고 인자하신 생존의 그 모습들이
달이 가고 해가 갈수록 안개 속에 가물대서
눈어림 회상만으로 기제사를 모십니다.

할아버님 회상

맏며느리 산기(産氣) 듣고 좌불안석하시며
삼동절(三冬節) 섣달 추위에 산실(産室) 덥히시다
축시(丑時)경 종손 포효에 덩실덩실하셨다지요?

이 몸이 태어나자 종손을 보셨다고
동네방네 친구 만나 손주 자랑하시다가,
'자네만 손주 봤느냐', 핀잔을 들으셨다죠?

예닐곱 어린 시절 보릿단 서너 개를
지게에 걸머진 저의 모습 보시고는
'집안에 장군감 났다', 흐뭇해하셨다지요?

초등학교 재학 시절 제 일기장 보시고는
'집안에 문장 났다', 친구 만나 자랑하셨다며
얼근한 약주 기분에 미소 지으시던 할아버지.

어디 그뿐인가요, 저의 글씨 보시고는
왕희지 조맹부 추사체로 보셨는가,
지필묵 챙겨주시며 명필 났다 하셨죠!

끼니도 어려웠던 초근목피 그 시절에
이 몸을 종손이라 중학교에 보내려고
여러 날 지새우시며 온갖 궁리 하셨다죠?

방학 때 고향에 가면 꼴망태 메우시고
이 산 저 산 돌고 돌아 약초 캐다 환(丸)을 지어
누구든 아프다 하면 보시하신 할아버지.

겨울철 농한기 되면 할 일 없는 젊은이들
방구석에 모여 앉아 화투판을 일삼으니,
남의 눈 아랑곳없이 서당 여신 할아버지.

여름철 농한기 땐 잠시잠깐 짬 내시어
지렁이 깻묵 떡밥 낚시도 즐기셨는데,
지금은 뵈실 길 없어 그리움이 더합니다.

이 몸이 고교 입시에 합격되던 그날 밤
이십여 리 밤길 걸어 고향집에 도착하자,
제 손목 잡아보시고는 이내 눈을 감으셨죠.

가난이 죄이라서 보약 한 첩 못 해드리고
삼동에 얼음 깨며 미꾸라지 잡아다가
오리발 아랑곳 않고 보신하여 드렸건만……

명의(名醫)가 따로 있나요, 치병(治病)하면 편작이지요.
그 숱한 이웃 사람 두루두루 치병하시더니
어이타 당신의 병은 보듬고 가셨나요?

남의 병은 고쳐주시고 셋째 손자 앞세우신 후
나날을 쓰디쓴 술로 괴로움 달래시더니,
끝내는 마지막 길을 고통 속에 떠나셨죠.

무료로 침술 처방 이웃 사람 치병하시매,

그 소문 돌고 돌아 원근 불문 하시더니,

저승길 떠나실 때는 군민(郡民) 호곡 받으셨죠.

* 1958년 4월 9일 돌아가심.

할머님 회상

할머니! 뵙고 싶은, 그리운 할머니
이 몸이 태어나자 첫 손주 보셨다고
나날을 덩실 더덩실 춤을 추며 사셨다죠?

비 오면 젖을세라, 바람 불면 날릴세라,
한시도 쉴 새 없이 애지중지 보듬어서
등허리 진물 나도록 이 몸 업어 키우셨다죠?

할머니! 지금쯤은 허리 좀 펴셨나요?
이 못난 손주 녀석 등에 업어 키우시다
구부정 휘어진 허리 어이하면 펴드리죠?

해마다 여름이면 제 목물 해주시며
홀연히 떠나가신 할아버님 생각하셨지요?
"어쩌면 네 등허리는 할아버질 꼭 닮았구나."

집안의 대소사 일일이 챙기시며
종가의 종부 체통 근엄히 지키시더니
지금은 한숨 돌리시고 편안히 지내시는지요?

아무리 섭섭한 일도 속으로 삭이시며
바다 같은 아량으로 미소 짓던 인자하심,
이 몸도 할머니처럼 그리 살려 했었는데…….

사진관에 모시고 가 찍어드린 사진 한 장
평생을 걸어놓고 맏손자 자랑하셨는데,
지금은 영정(影幀)으로 남아 저를 보고 계시네요.

할머니! 지금은 무슨 옷 입으셨나요?
제 오줌에 찌들었던 그 옷 갈아드릴걸,
생전에 고운 옷 한 벌 못 해드린 죄인입니다.

할머니! 기쁘고 반가운 말씀 하나 드릴게요.
할머니를 '진주새 할머니'*라 부르던 증손녀와
첫돌을 보셨던 증손자 배필 맞아 잘 삽니다.

* 내 딸이 유년 시절 '증조할머니'를 그리 불렀음.
1974년 6월 24일(음력 5월 5일) 돌아가심.

옛날애기 2

지난날 내 어릴 적
할머니의 옛날애기는
나의 자장가이었습니다.

어린 아기별은
할머니의 품속 하늘나라
미리내에서 물장구치며
초롱초롱 꿈을 꾸었습니다.

"호랑이가 담배 피울 땐
토끼가 곰을 훈계했단다.
사슴도 여우도……"

마른 대추처럼 쪼글쪼글한
할머니의 젖꼭지를 매만지며
옛날애기를 듣다 보면,
숲속의 베짱이 개구리 맹꽁이……
은하수에 별들도 소록소록
꿈나라 친구가 되었습니다.

이제는 불면의 밤이 와도
그토록 달콤하던 지난날의
할머니 얘기를 들을 수 없어
가을 능선에 홀로 앉아
저무는 노을과 벗이 되어
아름답던 추억을 갈무리합니다.

옛날얘기가 흐르던 미리내에도
추억을 잃어가는 별들이
하나씩 둘씩 사라져가네요.

사부곡(思父曲) 1
　— 아버님 팔순(八旬)에

소시적(少時的) 한때에는 기운이 항우(項羽)시라
군내(郡內)의 모래판을 주름깨나 잡으시더니,
흐르는 세월만큼은 휘어잡지 못하시네.

늠연(凜然)하시던 그 모습 피골상접 야위시고
인생역정(人生歷程) 살아오신 골짜기만 깊으셨네.
파여진 그 주름살을 어이하면 펴드릴까.

고운 정 미운 정 백년해로하시려다
졸지에 잃은 슬픔 한 잔 술로 달래시며
먼저 간 조강지처 무덤에 금잔디를 키우시네.

잔잔한 정일랑은 천성으로 없으시고
완고한 일념으로 종손 품위 지키시니,
그 마음 모르는 이는 옹고집이라 하네요.

눈보라 몰아치면 송죽(松竹)이 더 푸르듯
사소서, 오래오래 만수무강하소서.
자녀들 바라는 소망 이밖에는 없습니다.

1998년 음력 9월 9일에, 제2시집 『세상 사는 법』

<사부곡 2>

'아버지'의 무게

아우름

버거운

지렛대

<사부곡 3>

나침반

나의 아버지는
달빛도 숨이 차 빗겨가는, 꼬불꼬불
달동네 연탄 수레이셨습니다.

나의 아버지는
지하 막장 속의 등불이자, 망망대해
풍랑 속 어부들의 등댓불이셨습니다.

나의 아버지는
별과 달의 벗이시자, 불모지
사막을 횡단하는 등짐 낙타이셨습니다.

나의 아버지는
때때로 천둥번개를 내리셨지만,
늘 번개 뒤에 숨겨진 눈물이셨습니다.

나의 아버지는
남아일언중천금, 꽉 다문 입으로
삶을 이끄신 큰 바위 얼굴이셨습니다.

나의 아버지는

남 · 북극점 빙해를 항해하는 쇄빙선,

우리 형제들의 나침반이셨습니다.

2008년 「시와 창작」 가을호

석고대죄 5
— '아버지'라는 위대한 이름 앞에

태평양 연안에 사는 바닷고기 천축잉어는
암컷이 알을 낳으면 수컷이
그 알을 입에 담아 부화시킨다고 하네요.

알을 입에 품고 있는 동안
수컷은 아무것도 먹을 수가 없어
점점 쇠잔해지다가, 급기야
알들이 부화하는 시점에는
기력이 다 소진되어 죽고 만다 하네요.

새끼들보다 자신의 삶이 더 소중하면
입안에 알들을 뱉으면 그만인데요,
천축잉어 수컷은 자신의 삶을 뛰어넘어
2세들을 위한 부성애를 선택한다 하네요.

그렇습니다. 이 못난 저에게도 한평생
그 어떤 명예나 위로도 거부하시던
'아버지'란 이름의 천축잉어가 계셨는데요,

아둔한 잔챙이 한 마리 노을에 묻혀
그분 살아생전에 어깨나 팔다리 한번
따뜻하게 주물러드린 적 없어
때늦은 후회막급의 석고대죄 올립니다,
'아버지'라는 위대한 이름 앞에.

"아버님! 이 불효자를 용서하여주소서."

* 이 글은 '전하는 우체통'이란 인터넷의 글을 읽고 가슴에 새긴 속죄
  의 글입니다.

〈사부곡 5〉

거울
— 아버님께

아버님! 당신은
용광로에서 담금질된
빛나는 보석처럼
뜨거운 피로 맺어진
영원한 저의 거울이십니다.

그럼에도 소자는
당신처럼 제 씨앗의
거울이 되지 못하고 있습니다.
도리어 상처만 될 뿐.

아마도, 한평생
닦지 않은 제 마음의 거울이
아직도 당신의 품속을 그리는
응석받이기 때문인가 봅니다.

아버님! 이제나마
석고대죄의 마음으로

당신의 그림자가
내 씨앗들의 마음속에
진한 그리움으로 각인되도록
닦고 또 닦아보겠습니다.

제 마음속 녹슨 거울을.

2008년 4월 『우리시』 제238호

순망치한(脣亡齒寒)
— 어버이 기일(忌日)에

어머니, 아버지! 해마다
당신들께서 떠나신 날이 되면,

보석 같은 소중한 인연도 끝내는
한낱 아침 이슬처럼 되듯,
피와 살로 빚은 하늘의 인연도
언젠가는 그 가치만큼 뼈를 깎는
슬픔의 씨앗이 됨을 깨닫습니다.

평생 감싸주시던 두 입술의 사랑이
이토록 큰 슬픔이 될 줄을
땅이 꺼지고 하늘마저 무너져
시린 이가 되어서야
비로소 깨달았습니다.

아버지, 어머니! 오늘도
주룩주룩 흐르는 그리움

정화수에 별 모으듯 가득 담아
당신들께 띄워봅니다.

아! 영원한 사랑이여!
위대한 입술이시여!

2008년 『시와 창작』 가을호

편지 2

세월의 생리(生理)로도 가슴 저미는데
돌풍에 날아간 아우들아!

초목(草木)은 때가 되면 다시 피련만
너의 들은 지금
새가 되어 나느냐
꽃이 되어 피느냐

엄마가 우리 오 남매를 두고
저승으로 떠나신 며칠 후에
오매불망(寤寐不忘) 그리던
너희들을 꿈속에서 만났을 때
그 반가움이 펑펑 솟아
강물이 되더구나.

살아생전엔 앞서간 너희들을
늘 가슴속에 품고 사시더니,
저승에 가시자마자 너희들을

두 팔에 안고 계신 엄마 모습이,
포근히 안겨 있는 너희들 모습이
아우야! 누이야! 그리도
평화롭더라,
행복하더라.

산다는 게 무엇이더냐,
어느덧 내 나이 가을이구나!
'진(珍)'아! '인(仁)'아!
엄마 잘 모시고
봄이 오면 봄꽃으로,
여름이면 신록으로,
가을이면 풍성한 결실로
영구 행복하거라.
조만간 만날 그날을
기약하면서.

2003년 계간 「뜨락 문학」 가을호

편지 3

앞서간 '진원' 그리고 '인자' 두 아우들아!
그동안도 행복하게 잘 지내고 있느냐?
평생 꿈에서도 만날 수 없는 너희들이
지금껏 왜 이리도 보고 싶은지 그 이유를
어머니께서 저승으로 떠나신 후에야
비로소 깨달았구나!

어머니께서 이승을 떠나신 후 삼우제 날
소복 단장하신 채 앞서간 너희 둘을
양팔로 품으시고 내 꿈길에 오신 걸 보고,
너희들이 같은 부모님으로부터 태어난
한 핏줄 한 형제이기 때문임을.

그립고 보고픈 아우들아! 미안하다.
이 못난 형(오빠)을 용서해다오, 그리고
우리 언젠가 만날 날을 기약하자꾸나.
그날까지 늘 행복하길 기원한다.

제2부
추모의 정 2

유언

임종기

사모의 정

모정

상처

어머님께 올립니다

『사모곡』을 상재하며

『사모곡』 상재 이후

천장을 뫼시며

하얀 밤

기제지정

회초리

꽃

끊이지 않는 강물

그 이름 1

그 정성 때문에

설날 아침에

유언

1

인생사고(人生四苦) 그 시련 누구엔들 없으랴만,
전생(前生)에 무슨 죄로 또다시 이 고통을!
차라리 이 몸 죽으면 전생 업을 씻을까?

2

애비야, 큰아들아! 미안해서 어쩌느냐.
주야장천(晝夜長川) 너의 고생 두고두고 못 보겠다.
차라리 이 한 몸 죽어 너의 고통 덜어주마.

3

여보오! 먼저 가오. 자식 보아 절주(節酒)하시오.
건강히 오래 살아 자식 후덕 받으시오.
마지막 한마디 말씀에 땅을 치는 지아비.

* 두 번째 간암 수술을 받으신 후 모진 고통 속에 돌아가심.

제1시집 「사모곡」에서

임종기(臨終記)

1

천만 리 달려간들 그리도 숨 가쁠까.
인생살이 고달파도 쉬엄쉬엄 가련마는
다시는 못 오실 길을 어쩌자고 서두시나.

2

멀고도 머나먼 길 기어이 가시려나,
몰아쉬시던 그 숨소리 속세 번뇌 거두시니,
혹시나 하는 마음에 품에 안겨봅니다.

3

몰아쉬시던 그 숨소리 상기도 남았는가,
부둥켜 귀 기울여도 함구무언(緘口無言)뿐이셔서
메이는 가슴을 치니 눈물조차 간 곳 없네.

4

내 어릴 적 따습던 가슴 미온(微溫)이나마 남았을까,
앞가슴 만져보니 서늘키만 하구나.
빈 젖만 부둥켜안고 통곡하는 이 불효!

5

심청이 몸을 바쳐 아버님께 개안봉양(開眼奉養),
지성(至誠)이면 감천(感天)임을 내 어이 몰랐던가.
마지막 눈 감으시매 회한(悔恨) 눈물뿐이구나.

6

"애비야!" 외마디뿐, 영원히 떠나셨네.
막혔던 설움 터져 "어머니!" 외쳐보니,
평온히 잠드신 모습 내 눈물을 감싸시네.

제1시집 「사모곡」에서

사모(思母)의 정

1

계해 음이월(陰二月) 초이틀 양천(陽川) 허씨 맏딸 되어
밀양(密陽) 박씨 맏며느리로 시집살이 사십여 년,
섧구나! 임술년 일월 초십일에 가시다.

2

칠 남매 기르시며 고생도 낙(樂)이시더니,
아뿔싸, 남매 잃고 혼비백산하시더니,
아니야! 남은 오 남매 금지옥엽 키우셨네.

3

집안이 잘된다면 무엇인들 못 믿으랴!
어머니 믿으신 종교 하나에서 백 가지라.
종손 집 맏며느리로 곤욕 이긴 불사신.

4

하늘이 높다 한들 어머니 뜻만 할까.
바다가 넓다 한들 어머니 마음만 하랴.
억겁을 봉양한대도 못다 갚을 그 은혜.

5

자식 길러 영화(榮華) 봄이 부모님의 소망이라.
신체발부 불감훼상(身體髮膚不敢毁傷)이 더없는 효일진대,
병 앓아 끼쳤던 불효 어찌하면 갚을 건가.

6

이 몸 살아 영화(榮華) 봄이 그 누구의 덕이런가.
모진 병에 시름시름 혼미(昏迷)의 자식 위해
정화수 떠놓으시고 쾌유 비시던 그 정성.

7

먼저 간 두 자녀를 가슴 깊이 묻으셨다
당신께서 떠나실 때 그 이름 뇌이시니,
어머님 그 크신 사랑 어이하면 헤아릴까?

8

소복 차림 두 팔 위에 앞선 남매 누이시고
재회의 정 나누시는 어머님 모습 뵙고
"어머니!" 외쳐 부르다 깨어보니 꿈이구나.

9

가난한 맏사위 보시고 근심이 많으심에
"어머니, 괜찮아요. 생활력이 강한걸요."
"알았다. 지내며 보니, 미덥구나 내 사위."

10

명절과 기제주(忌祭酒) 정성스레 담그시고
시부(媤父)님 반주(飯酒)에도 지성 쏟던 그 마음,
"애비야! 맛 좀 보거라, 에미 솜씨 어떠냐?"

11

어렸을 적 응석들을 사랑으로 감싸셨듯
나이 먹고 철들어도 변함없으시던 그 사랑이
마지막 떠나시던 순간 별빛 되어 빛나더이다.

12

이 목숨 다하도록 장수영복(長壽榮福) 축원(祝願)할걸,
호곡(號哭)도 못 미치는 멀고 먼 저승길을
홀연히 떠나신 후에야 가슴 치는 이 불효.

13

며느리 둘을 얻어 한시름 놓으시고
맏사위 맞으신 후 외손 자랑하시더니,
못 여읜 두 딸 생각에 뜬눈으로 가시다.

14

나들이 길 가셨다면 또다시 오시련만,
한번 가면 못 오실 길을 기어이 가셨으니
언제나 다시 뫼시고 풍수지탄(風樹之嘆) 풀어보랴.

제1시집 「사모곡」에서

모정

길고 긴 동지섣달 설한풍 몰아쳐도
합장한 두 손길에 일렁이는 모정은
꽁꽁 언 정화수(井華水)조차 녹여내는 봄바람.

칠흑 같은 한밤이라 그 정성 변할 건가
모진 세월 섧다 않고 일구월심 자식 사랑,
그 정성 하늘에 닿아 해와 달을 띄우시네.

흐르는 강물 따라 산천은 변해도
벼랑 끝 우뚝 솟은 푸른 솔 늠연(凜然)하듯,
어머님 극진한 정성 천고불변 사랑이네.

얼음도 녹여내고 해와 달도 띄우시는
자식 사랑 그 정성에 하늘조차 감응하니,
그 모정 무엇에 비겨 더 높음이 있으랴.

하늘도 낮아라, 바다 또한 얕아라.
어머님 크신 사랑 비길 데가 없으니,
우주의 무량무변도 견줄 바가 못 되네.

상처

새해 아침도 아닌
세모(歲暮)에 손금을 들여다본다.
배내 것이 아닌
지렁이 화석(化石) 같은
회한(悔恨)의 자국 서너 개

얼마나 가슴 저미셨을까,
그때마다 어머니는!

꼴 베러 다니다 그랬을까,
개구쟁이 노릇 하다 그랬을까?

주마등처럼 스치는
희미한 기억 속을
지울 수 없는 손금으로 남아
서산마루 노을의 가슴속에
상기도 뜨겁게 흐르는

어머니의 눈물!

2004년 11월 『우이시』 197호, 『뜨락문학』 여름호

어머님께 올립니다
― 첫 시집 『사모곡』을 상재(上梓)하며

1

소자 나이 불혹(不惑)에 어머님을 여의옵고
지천명(知天命) 되어서도 못 잊을 어머니라,
십 년이 유수(流水)라지만 반백(半白) 되어 그립니다.

2

어머님 가신 후로 그리움을 달래려고
선술집 찾아들며 푸념도 많았는데,
꿈길도 잊으셨나요, 못 오시는 어머님.

3

무시로 솟구치는 어머님 그리움에
오늘도 퇴근길에 선술집에 들렀더니
잔마다 눈물이 넘쳐 독한 술이 되네요.

4

한 잔 한 잔 마시면서 어머님 그려보고
어머님 그리면서 넋두리를 하다 보니,
눈물이 안주가 되어 몇 잔 술에 취합니다.

5

친인척 환갑잔치, 이웃집 고희잔치
덩더쿵! 만수무강 흥겨운 그 가락이
저에겐 역겨움 되어 가슴을 찢습니다.

6

회갑을 목전에 두고 떠나신 어머님께
고희에나 조촐하게 잔칫상을 올리렸더니
어머님 유택 앞에는 눈물 어린 잔뿐입니다.

7

어머님, 어머님, 그리운 어머님!
못난이 푸념 담아 이 선물*로 대신하오니
서운함 거둬주시고 극락영생(極樂永生)하소서.

* 선물 : 첫 시집 『사모곡』.

〈속(續) 사모곡 2〉

『사모곡』을 상재하며

어머님 떠나신 지도 어언간 십 년 세월,
그 세월 눈물로 엮어 『사모곡』 상재할 때,
어디서 날아왔을까 봉분 위에 저 까치.

난데없는 저 까치 어이 된 연유일까.
오호라 알겠구나, 어머님이 오셨구나.
한평생 고귀한 생애 까치 되어 오셨구나!

압니다, 다 압니다, 어머님의 깊은 뜻을.
후회막급 넋두리를, 알량한 이 정성을
생전에 베푸시던 정으로 까치 되어 반기심을.

『사모곡』 한 쪽 열어 어머님 전 고하려니
참았던 그리움이 봇물로 북받쳐서
심약(心弱)한 이 못난이는 목 메이다 맙니다.

제4시집 「민주별곡」에서

50

<속 사모곡 3>

『사모곡』 상재 이후

세월이 유수(流水)라니 십여 년도 촌각(寸刻)이라,
어느덧 소자 나이가 떠나실 때 나이네요.
조만간 품에 안기면 그 품속 따숩겠죠!

계신 곳 명부(冥府)라서 때로는 잊히련만,
외롭고 괴로울 땐 그리운 그 품속을
천명(天命)의 끝자락에서 이순(耳順) 바라 그립니다.

앞으로 남은 세월 뜬눈 감는 순간이라
이순의 문턱에서 뵈올 날만 기다립니다.
생전에 못다 한 봉양 무릎 꿇고 사죄하려.

소자로 멍든 가슴 불치(不治)된 채 가셨으나
무릎 꿇고 사죄하면 용서하실 어머님!
잠시만 기다려주세요, 인연 맺어 갚을게요.

제4시집 『민주별곡』에서

<속 사모곡 4>

천장(遷葬)을 뫼시며

애당초 덩그러니 유택(幽宅) 마련 못 해드리고
부복(俯伏)하여 잔 올리며 천장(遷葬) 말씀 올리려니,
천추에 불효한 대죄 눈물로만 속죄합니다.

어머님 생시 모습 그 어디로 가셨나요,
앙상한 백골만이 삭정나무 같네요.
칠 남매 나눠주시고 빈 가지만 남았네요.

나 죽어 갈 곳 없으면 이곳에다 묻어다오.
선영(先塋)을 잃으신 후 자식 가슴 멍들세라,
남몰래 눈물 달래며 한숨 일군 뙈기밭.

어머님 생전 한을 뙈기밭에 뫼신 후에
앞자락에 오곡 심어 뵙는 듯 거뒀는데,
십 년엔 변한다더니 개발 바람, 천장한(遷葬恨).

당시엔 최상품으로 곱게 단장 뫼셨는데,
아뿔싸, 어인 일일까 옥체 옥좐 저 그물이.
어머니! 답답하셨죠? 새 옷 갈아입으세요.

1998년 5월 31일 지음

〈속 사모곡 5〉

하얀 밤

소맷귀 부여잡는
그 사랑도 마다시고
영겁의 머나먼 길
홀연히 떠나신 어머님!

당신 그리움은
밤마다 꿈길인데
꿈길조차 방황으로
지샙니다, 하얗게.

제4시집 『민주별곡』에서

<속 사모곡 ⑥>

기제지정(忌祭之情)

소쩍새 울음으로 그리움 달래는데
해마다 진달래만 핏빛으로 피고 지네.
어머님 생전의 모습
어이하면 다시 뵈랴.

홍동백서(紅東白西) 격식 따라
어동육서(魚東肉西) 진설하고
자손들 모두 모여
고두재배(叩頭再拜) 드리지만,
그 정성 태부족(太不足)인가
뵐 수 없는 어머님.

어머님 살아생전 기제 정성 다하셨듯,
지금은 자손들 모여
추원보본(追遠報本) 새깁니다.
향연(香煙)에 강림하시어
흠향(歆饗), 흠향하옵소서.

어머님 10주기에, 제4시집 『민주별곡』에서

<속 사모곡 7>

회초리

어린 시절엔
회초리가 사랑이었지.

눈물로 감싸시던
회초리는 진정
행복한 사랑이었지.

이제, 이 몸 늙어
더욱 그리운 것은
부러진 회초리에
흐르던 눈물, 그 눈물
닦아드릴 수 없음이네.

회초리!
눈물겹도록
그리운 그 사랑.

1999년 3월 『우이시』 129호

<속 사모곡 8>

꽃

비록
절색(絶色)은 아니셨지만
나에겐
가장 아름다운 꽃이셨네.

여울처럼 조잘대는
내자의 애교보다 위대한,
도도한 강물 보듬는
심원(深遠)한 바다,
드높은 하늘이셨네.

조롱 속에서 놀던
철부지 시절엔
몰랐던 그의 향기

이제는
허허(虛虛)로운 마음속
영원한 그리움으로 피는
한 송이 꽃,
어머니!

2001년 「열린문학」 봄호

〈속 사모곡 10〉

끊이지 않는 강물

수년 동안 나는
마음속 깊숙이
야무진 제방을 쌓았었네.
어차피 잊혀질
운명적 인연 잊어보려고
지난날 퐁당퐁당
꿈을 띄우던 조약돌 모아.

그러나 쌓으면 쌓을수록
조약돌 사이사이로
스멀스멀 스미는 그리움
노을 속 체액으로 더욱
붉고 뜨겁게 흘러 끝내 나는
조약돌 제방을 허물었네.

해일처럼 피어나는,
영원히 끊을 수 없는
인연의 강물 때문에.

2000년 9월 「우이시」 147호

그 이름 1

생시에 불러보면

저며오는 그리움이

잠결에 되뇌이면

꿈길조차 서러워

하얀 밤,

해일(海溢)이 되는

그 이름 '어머니'!

2000년 1월 10일 어머니 기일에. 2000년 9월 『우이시』 147호

그 정성 때문에

"비나이다 비나이다, 천지신명께 비나이다.
삼신님과 칠성님, 부처님과 하느님께
우리 아이들 아프지 않게 일구월심 비나이다.
제가 대신 아플 테니 건강하게 해주세요."

허구한 날 정화수 떠놓고 간구하시며
칠 남매 금지옥엽으로 키우시던 40여 성상(星霜)
무시로 우리 대신 아프셨던 가슴앓이
내색도 않으시고 가슴 깊이 묻으시더니,
서러워라, 갑년(甲年)도 못 채우시고
홀연히 떠나신 우리 어머니!

어머니! 세월이 유수(流水)라 하던가요?
떠나신 지 어느덧 강산 두 번 바뀌면서
불효자가 고희(古稀)를 눈앞에 두고 있네요.
어머니! 소자가 이만큼 건강하게 살고 있음은
분명 당신께서 대신 아프셨기 때문이지요.

그런데 어머니! 요즘엔
제 몸이 여기저기 아파오네요. 아마도
당신의 가슴을 태운 죄로, 아니
대신 아파줄 엄마가 안 계시기 때문인가 봐요.

그러나 어머니! 걱정하지 마세요.
당신께서 한평생 겪으신 그 고통과 가슴앓이,
그리고 우리를 위해 베풀어주신
"천지신명이시여! 제가 대신 아플 테니
우리 자식들 늘 건강하게 해주세요."
일구월심 기원하신 그 말씀,
그 지극정성 생각하면 저절로 나아요,
절대로 아프지 않아요.

어머니! 감사합니다!
늘 평강하시옵소서.

설날 아침에

어머님!
살아 계실 때는 정말 몰랐습니다.
당신께서 홀연히 떠나신 후
자식들이 차려주는 생일상을 받고
겨우 철이 들어 깨달았습니다,
생전의 당신 사랑이 얼마나 컸었는지를.

어머님!
평생 허리띠로 시장기를 달래시느라
피골이 상접하셨던 당신께
싸구려 보약 한 첩 못 해드리고,
산천초목들이 덜덜 떠는 동지섣달에도
평생 누더기만 걸치셨던 당신께
포근하고 화사한 옷 한 벌 못 해드려서,
따스하고 맛깔진 진지 한 번 못 해드려서……,
어젯밤을 하얗게 뒤척이다 밝힌
어머니! 오늘은 설날 아침입니다.

어머니! 아니, 그리운 엄마!
평생 검게 타는 가슴
그렁그렁 넘치는 한숨으로 끄시던
당신께 큰 웃음 한 번 못 드려서
해마다 설날이 되면
때때옷 입고 덩실덩실 춤추며
세배를 올리고 싶지만,
엄마! 이 못난 불효자는 오늘도
세찬으로 눈물만 올립니다.

용서하시고
흠향하시옵소서!

제3부
위대한 바보, 그 이름

학

위대한 바보 1

위대한 바보 2

위대한 바보 3

늪

당신은 눈물이셨습니다

몰랐습니다

그분은 바로

어머니는 그곳에 계셨습니다

학(鶴)

대지에 내리는
봄비처럼
당신의 온갖
뼈와 살,
그리고 피
가지마다 고루 나누시곤
끝내 승천하시는
어머니!

당신은
영원한
살신(殺身)의 학이십니다.

2006년 5월 『우이시』 215호

위대한 바보 1

천하에 이런 바보가 있을까요?

자신의 뼈와 살, 그리고 피까지
주고도 모자라, 끝내는 가슴 열어
심장까지 다 내주는 바보, 그런
바보가 지구상에 있을까요?

글쎄요?
가시고기 같은 미물은 몰라도
영장류 중에서는 없을 거예요,
이 세상 어디에도 없어요.

그러나 나에게는 있었습니다.
언제든 생각만 해도 가슴 저미는
첫사랑 여인, 천하에
둘도 없는 바보가 있었습니다,

그분의 이름은 바로 '어머니!'
위대한 바보, 어머니이십니다.

위대한 바보 2

— 영화 〈말아톤〉 감상기

자신의 뼈와
살, 그리고
피로 빚은
열매 보듬기로
평생을 거는,

살을 저미는 아픔도,
가슴 찢어지는 괴로움도
피눈물로 꽃피우는

아! 위대한 바보,
그 이름은
어머니!

2006년 1월 「우이시」 211호

위대한 바보 3
— 조병기 시인의 시 「어머니」를 읽고

'어머니는 생전에
주실 것이 없으시면서도
주신 것이 많으셨습니다.'*

자식이 괴로울 땐
가슴으로 감싸시고,
당신의 괴로움은
웃음으로 감추시는,

자식이 배곯으면
뼈를 깎아 불리시고
당신의 주린 배는
허리 졸라 달래시는,

당신은 춘하추동을
누더기로 견디셔도
자식들은 추할세라
계절 따라 때때옷을,

당신을 위해서는
땡전 한 푼 안 쓰셔도
자식을 위해서는
고대광실을 지으시는,

영원히 지지 않을
해와 달처럼
세상에 둘도 없는
위대한 바보,
그 이름은 어머니!

* 조병기 시인의 시 「어머니」에서 따옴.

늪

어머니! 당신은 평생
연꽃을 품은 늪이셨습니다.

잠시도 마를 적 없었던
당신의 늪은 수시로 범람했었죠.
일곱 송이 연꽃 피우시며
언제나 그~렁~그~렁
희로애락이 일렁이던 침묵의 늪,

그러던 어느 날 몰아친 광풍으로
두 송이 연꽃이 하나, 하나
홀연히 당신의 품을 떠날 때
당신의 늪엔 해일이 일었었죠,
몇 날 며칠 밤이 하얗도록.

어머니! 그럼에도 당신은
칠흑의 뒤뜰에 정화수 받쳐놓고
나머지 다섯 송이를 피우기 위해

밤이면 밤마다 소리 없는
가슴앓이 해일을 다독이셨죠.

어머니! 지금은 대양 같던
당신의 그 늪을 볼 수 없지만,
철부지 때 전혀 깨닫지 못했던
그 늪의 깊이와 의미를
이제야 조금씩 알아가고 있습니다,
아들 딸 손주를 키우면서…….

어머니! 당신은
평생 자비의 늪이셨습니다,
잠시도 마를 날이 없었던.
가슴앓이 시커먼 늪이셨습니다,
다섯 송이 연꽃 피우신.

2010년 9월 「우리시」 제267호

당신은 눈물이셨습니다

어머니!
당신은 눈물이셨습니다.

기뻐도 눈물 슬퍼도 눈물
행복해도 눈물 괴로워도 눈물
반가워도 눈물 미워도 눈물……

기쁘고 행복할 땐
파안대소로,
슬프고 괴로울 땐
남몰래 흐느끼는
가슴앓이로,

어머니! 당신은 평생을
희비애락으로 흐느끼신
영원한 눈물이셨습니다,
당신의 분신들만 보듬으시던.

몰랐습니다

어머니! 당신께서
생존해 계셨을 땐 정말 몰랐습니다.

당신의 가슴이 왜 그리도 밋밋하셨는지,
당신의 허리가 왜 그리도 개미이셨는지,
당신의 육신이 왜 그리도 가냘프셨는지,
당신의 키가 왜 시나브로 졸아드셨는지를⋯⋯

그러던, 어느 날 그리도 막무가내
당신께서 떠나시던 날
영원한 나들이옷 입혀드리며
비로소 깨달았습니다.

당신은 오로지 한평생을
당신의 **뼈**를 깎고 당신의
살을 저며 당신의 피로 빚은
당신의 분신만을 위해
당초 같은 세월을 사셨기 때문임을.

그분은 바로

　어느 날 지하철 안에서 생면부지의 조연호* 씨를 만났습니다.

　의정부에 산다고 하며 내 가슴을 뜨겁게 달궈준 젊은 분이었습니다.

　'어느 날 피곤한 몸을 지하철에 맡기면서, 어느 누가 앞에 와도 절대 자리를 양보하지 않으리라 굳은 각오로 자리에 앉아 잠을 자는 척 눈을 감고 있었습니다. 잠시 후에 누군가가 앞에 와 서성이고 있었습니다. 계속 모른 척 묵상하고 있다가 한참 후 안내방송을 듣고 비몽사몽의 눈을 뜨듯 앞을 바라보곤 기절할 뻔했습니다. 그동안 내 앞에 줄곧 서성이던 분은 바로 내 어머니이셨습니다. 화가 치밀고 죄스러워 어머니께 투정을 부렸더니, 어머님은 "얼마나 피곤하냐! 차에서나마 푹 쉬게 하고 싶어서 그랬다."……'**

　조연호 씨 어머니의 그 한마디 말씀에 나는 용암처럼 치솟는 눈물을 가눌 수 없어 지하철에서 내렸습니다. 한동안 목석이 되어 어머니의 환영(幻影)에 젖어 있었습니다.

그분이 바로, 영원히 뵐 수 없는 나의 어머니이셨기 때문입니다.

* 조연호 : 지하철 객실에 부착된 사연을 제공한 주인공.
** 안의 내용은 조연호 씨의 사연임.

어머니는 그곳에 계셨습니다

— 광복 60주년 특별전 〈아! 어머니〉* 관람기

나의 어머니가 그곳에 계셨습니다.

왜놈에게 짓밟힌 정조
평생 비수로 품고 사시던 어머니!
달동네 오르내리시며 춘하추동
가난을 주름으로 엮으시던 어머니!

전쟁터의 남편과 아들
날이면 날마다 정화수에
무운장구를 비시던,
해바라기 되어 학수고대
동구 밖만을 바라보시며
가슴 쓸어내리시던 어머니!

골육상쟁의 폐허를 이고 업고 이끌며
생사의 갈림길을 헤매시던 어머니!
가족의 허기 달래기 위해
초근목피를 채취하시던 어머니!

장터 골목길 좌판에
생선이나 열무, 풋콩 다발 놓고
풀빵 구우시며 허기진
하루해를 물로 넘기시던 어머니!

밤새 바위 눈꺼풀 걷어 올리시며
해진 피붙이들 옷을 꿰매시다가
끝내 낡은 덕석 한 벌로 떠나신
어머니! 그 어머니가
그곳에 계셨습니다.

그런데, 안타깝게도 지난 어린 시절
따슨 가슴으로 반겨 보듬어주시던
내 어머니는 계시질 않았습니다,
가슴 저미게 보고픈 그 어머니는!

하여, 한동안 몽롱하게 헤매던 나는
드디어 내 어머니를 찾았습니다.

흐르는 눈물 속에 스친 어머니들,
그분들이 바로 그토록 찾던
내 어머니였습니다.

어찌나 가슴이 메이는지
나는 다시금 발길을 돌려
그분들의 모습을
한 분 한 분 가슴에 되새겼습니다.

* 조선일보 주관 행사였음.

2006년 1월, 『우이시』 211호

제4부

어머니, 어머니!

어머니의 가치

그 이름 2

당신은 눈물

첫사랑 여인

첫사랑 1

첫사랑 2

첫사랑 3

울음이 되는 이름

지고지순의 사랑

영원한 고향

어머니의 사계

어머니

불후의 명작

우주

아린

어머니의 가치

이 세상에서 가장 아름다운 것은 눈물입니다
가장 아름다운 눈물, 그것은 가장 강합니다
가장 강한 것, 그것은 영롱한 다이아몬드입니다
가장 영롱한 다이아몬드, 그것은 값진 보석입니다
가장 강하고 가장 값진, 티 없이 영롱한 보석,
그것은 바로 '어머니'입니다

2014년 「성남탄천문학」 제7호

그 이름 2

하
늘
보
다
더
높고,
땅보다 더 넓은, 그래서
우주보다 더 높고 넓은
이름,

하늘이 무너져도
앞에만 우뚝하면
함박웃음 벙글게 하는
따스한 그 이름

어머니!

2005년 5월 『우이시』 203호

당신은 눈물

"어머님!" 하고 부르면
샘물이다가
"어머니!" 하고 부르면
강물이다가
"엄마!" 하고 부르니
바다가 됩니다.

한번 떠나신 후
다시는 뵐 수 없는
영원한 마음의 고향,
당신은 이렇듯 언제나
눈물이 됩니다.

첫사랑 여인

나에게는 첫사랑의 여인이 있었습니다.
이 세상 다하도록 잊을 수 없는 여인,
그 여인은 영원한 나의 안식처였습니다.
당신의 몸과 생명을 나에게 다 바친
사랑의 화신이었습니다,

그런데, 비록 불가항력의 이별이었지만,
어느 날 그와의 인연의 고리가 끊어져
나는 그 여인을 가슴 저미며 보냈습니다.

하여, 그리움이 사무칠 때마다 그 이름
기린 목이 되어 목 메이게 불러보지만
그 외침은 늘 강풍의 구름이 됩니다.

그러나 그와의 인연은 도도한 강물처럼
영원히 끊을 수 없는 고리이기에,
세상에 둘도 없는 첫사랑 여인이기에,

내가 그의 곁으로 가는 날까지
나는 사무치게 부르고 부를 겁니다.

그 여인의 이름 '어머니'를!

첫사랑 1

나에게는
40여 년을 동고동락하던
첫사랑 여인이 있었습니다.

그 여인은
엄동설한엔 포근한 솜옷이 되었다가
삼복염천엔 산들바람이 되어주고,
비가 오는 날엔 우장이 되었다가
어둡고 험난한 길엔 등댓불이 되어,
비바람 몰아치면 날아갈세라
평생 조바심으로 타는 가슴
눈물로 끄며 숯가마 되어
어느 날 홀연히 떠나갔습니다.

이 생명 다하도록 잊을 수 없는
내 영육(靈肉) 간의 영원한 반려자,
첫사랑, 그 여인의 이름은
'어머니!', 아니
'엄마!'라는 여인이었습니다.

첫사랑 2

어머니! 영원히 잊을 수 없는
당신은 나의 첫사랑입니다

저에게 생명을 주시고
제 곁을 떠나시는 순간까지
온갖 풍상 무릅쓰고
이 몸 보듬어주셨던 당신!
어느덧 당신께서 떠나신 지도
어언 30여 년이 지났네요.

그럼에도, 지금껏
당신 그리움이 무시로
용암처럼 분출하는 까닭은
당신 곁이 가까워질수록
더욱 담금질되는, 당신과의
영원한 인연 때문입니다,

황금 같은 첫사랑 때문입니다.

첫사랑 3

나의 첫사랑 여인은
눈물의 여왕이셨습니다.

오로지 당신의 분신만을 위해
혼신을 다 바치며
오뉴월 장맛비처럼
주야장천 눈물로 살다 가신
나의 첫사랑 그의 이름은
'어머니'이셨습니다.

어느덧 그 사랑 떠난 지
수차례 강산이 변했지만,
세월이 흐르면 흐를수록
여울이 바다가 되어, 더욱
해일로 일렁이는 그리움,
그 이름은 '어머니'입니다.

울음이 되는 이름

죽어서도
잊을 수 없는,

세 번만 되뇌면
울음이 되는 이름,

그 이름은
어머님!
어머니!!
엄마!!!

2004년 「뜨락문학」 봄호

지고지순의 사랑

불혹의 중턱에서 여의온 어머님을
고희가 넘어서도 더욱더 못 잊음은
드높은 어머님 사랑 태산 비겨 큼이네.

세상에 제일 높은 히말라야 산마루도
인간의 능력으로 모두 정복되었지만,
어머님 드높은 사랑 정복한 자 누군가.

백설이 희다 한들 어머님 사랑 비길까!
수정이 맑다 한들 어머님 마음 견줄까!
어머님 지고지순의 사랑 비길 곳 전혀 없네.

영원한 고향

어머니! 당신의 뼈와 살,
그리고 피로 우리의
생명을 빚어주신 당신은
영원한 하느님이십니다.

어머니! 당신의 분신을
가슴에 묻게 한 인척을
용서하신 당신은
진정한 부처이십니다.

어머니! 입이 닳도록
형제간의 우애를 심어주신
당신은 참된 공자이십니다.

어머니! 당신은
영원히 가슴 뭉클한
마음의 고향이십니다.

어머니의 사계

어머니! 당신은
늘 따스한 입김으로
대지의 만물을 보듬어
싹 틔우고 소생시키는
봄바람이십니다.

어머니! 당신은
작열하는 태양과
강한 비바람의 담금질로
소중한 당신의 열매들을
성숙시키는 뜨거운
햇살이십니다.

어머니! 당신은
당신의 골육을 빨아
성장한 분신의 열매들을
튼실하게 갈무리하는
살신(殺身)의 화신이십니다.

어머니! 당신은
헐벗고 음울한 대지를
포근히 감싸는 함박눈 같은
봄바람이자, 햇살이자,
거룩한 살신성인의 고갱이
그 자체이십니다.

어머니

눈물로
제련(製鍊)된
다이아몬드

불후의 명작

'어머니'라는 이름,
그 이름의 당신은
불후의 명작이십니다.

요람에서 무덤까지
무시로 되뇌어도
가슴 찡한 강물로 흐를

어머니! 당신은
영원한 대서사시
불후의 명작이십니다.

우주

어머니!
당신은 바다이셨습니다,

아무리 거센 풍랑으로
온몸이 만신창이가 되셔도
오히려 요람 같은 가슴을 열어
평온한 안식처가 되어주신 당신은!

어머니!
당신은 하늘이셨습니다,

아무리 험한 먹구름과
뇌성벽력이 몰아쳐도,
때마다 호수 같은 가슴을 열어
해맑은 미소가 되어주신 당신은!

어머니!
당신은 나의 우주이셨습니다,

지금은 안길 수 없는 품이지만,
바다보다 심원하고 포근한,
하늘보다 높고 푸른 요람으로

어머니! 당신은
영원한 나의 우주이십니다.

2010년 9월 「우이시」 267호

아린(芽鱗)

비바람 눈보라가 험악하고 모질수록
포근한 가슴으로 늠연히 목숨 바꾸는,
영원한 수호천사여, 당신은 '어머니'!

제5부
그리움은 강물처럼

그런 전화 없나요?

눈물이 난다 1

눈물이 난다 2

눈물이 납니다

눈물 1

눈물 2

흐느끼는 카네이션 1

흐느끼는 카네이션 2

약손

고희 젖먹이

어머님 전 상서

문안드립니다 1

문안드립니다 2

울보

허공의 메아리

그리운 것은

밥

개떡 1

샘물

연시

그런 전화 없나요?

없나요? 뵈올 수 없다면
그리울 때마다
안부라도 여쭐 수 있는 전화!

모진 눈보라가 역겹던 세월 지나
가지마다 움틀 무렵 그리도
힘겨운 투병 끝에 떠나신 후
영영 뵈올 수 없는 어머니!

이제, 이 몸도 갑년을 넘었으니
조만간 찾아뵐 수 있겠지만,
그동안만이라도
"엄마! 안녕하세요?"
"오냐! 엄마다.
모두 잘 지내느냐?"

이렇게라도 뵐 수 있는 전화,
그런 전화 좀 없나요?

2005년 3월 「우이시」 201호

눈물이 난다 1

눈물이 난다
때때로 눈물이 난다
세상에 둘도 없이 보듬어주시던
할아버지 할머니가 그리워
눈물이 난다

눈물이 난다
무시로 눈물이 난다
금지옥엽으로 길러주신
아버지 어머니가 그리워
눈물이 난다

눈물이 난다
또래를 보면 눈물이 난다
혈육의 정 나누기 전에 떠난
아우들이 그리워
눈물이 난다.

따뜻한 사랑 그리워 눈물이 나고
업어드릴 수 없어 눈물이 나고
굽은 허리 펴드릴 수 없어
눈물이 난다

눈물이 난다 2

때마다 눈물이 난다
뙤약볕이나 눈보라 길목을 지나다
초라한 좌판에 어른거리는
거친 손길을 볼 때면
삭정이로 떠나신, 쇠스랑 같던
어머니의 손이 눈에 밟혀
눈물이 난다

때마다 눈물이 난다
칠년대한(七年大旱) 논바닥 같은
농부들의 깊은 주름을 볼 때마다
참숯덩이처럼 파이고 갈라진
아버지의 주름이 눈에 밟혀
눈물이 난다

때마다 눈물이 난다
반겨주던 고향의 소꿉친구들
허리 굽은 추억이

낡은 무성영화처럼
아련히 떠오를 때마다
그 살 내음이 그리워
눈물이 난다.

눈물이 납니다

눈물이 납니다
아기가 엄마 손을 잡고
나들이하는 모습을 보면,
아장아장 걷는 모습을 보면,
내 유년 시절의 그 손길이
허전하기 때문입니다.

눈물이 납니다
친지들의 고희, 팔순 잔치에 가서
자손들 등에 업혀 파안대소하는
어르신들의 모습을 볼 때면,
회갑연조차 베풀어드리지 못한
후회막급의 불효 때문입니다.

어머니! 눈물이 납니다
당신이 그리울 때마다
이토록 무시로
가슴 저미는 눈물이 납니다.

눈물 1

이토록 그리워서
눈물 흘리면
당신은 꼭
제 앞에 계셔야지요.

멀리 떠나셨어도
못 잊을 당신은, 행여나
구름의 사연을 아시나요?

먹구름 한 송이
구천(九天)을 날면
이별이 못내 슬픈
저의 그리움,
눈물인 것을.

눈물 2

어머니의 눈물은
촛불 같은 사랑입니다
당신의 분신을 위해
온몸을 소신공양하는

어머니의 눈물은
철광석을 펄펄 끓여
잡티를 거둬내고
순수 용액만 넘치게 하는
용광로 그 자체입니다

어머니의 눈물은
수정처럼 맑고 견고한
당신 피붙이들의
영원한 고향입니다.

흐느끼는 카네이션 1
― 어버이날에

졸지에 땅이 꺼진 그날부터,
하늘마저 무너진 그날부터,
해마다 그날이 되면
강물이 흐른 만큼
샘솟는 그리움이
활화산처럼 솟구치는 후회,

살아 계셨을 때 색동옷 입고
얼-쑤 절-쑤 춤을 추며
덩실덩실 업어드릴걸……,

하늘이 무너지고
땅이 꺼진 그날부터,
해마다 어버이날이 되면
온종일 방황하며
추적추적 흐느끼는 카네이션.

흐느끼는 카네이션 2
— 어버이날에

2004년 5월 8일,
주인 없는 카네이션 한 송이
이역 땅* 창가에서
흐느끼고 있습니다.

창 밖 대지엔 비가 내리고
눈보라 이겨낸 초목들은
저마다 흥겨워
푸른 춤을 추고 있는데.

어머니!
온갖 시름 홀로 품고
모진 삭풍에 떠나시더니
미련마저 버리셨나,
20여 성상을
꿈길마저 단절이시네요!

하여, 당신 그리운
붉은 카네이션 한 송이
이토록 이역 땅 푸른 빗속에서
홀로 흐느끼고 있습니다.

하염없는 빗줄기 속에
봄이면 소생하는 초목만 못한
영장의 생로병사에.

* 이역 땅 : 중국 산동성 위해시.

2005년 5월 『우이시』 203호

<민조시>

약손

배고파 보챌 때는 젖 물리시며,
추우면 보듬고 더우면 부채질.

혹여나 몸이 아파 울며 보채면
넋을 잃은 듯 품안에 보듬고
어루만지시며,
"아가, 우리 아가! 어디가 아프냐?
엄마가 아플게 너 대신 아플게,
씻은 듯 나아라 엄마 손은 약손,
신비로운 약손."

그런데, 어머니! 이제는
보채봐도 젖이 없고요,
온몸이 아파도 약손이 없네요,
그리운 그 약손!

2008년 12월 『청소년문학』 제4집

고희(古稀) 젖먹이

얼마나 먼 곳일까
엄마 가신 곳,
영영 못 오시니.

고희가 눈앞인데
어인 일일까,
젖먹이 보채듯
그리운 엄마 품.

아무리 보채봐도
오갈 수 없어,
꿈길도 헛걸음
밤마다 하얀 길.

2008년 4월 「우리시」 제238호

어머님 전 상서

엄마! 오늘은 어리광 좀 떨게요

엄마! 오늘도 엄마가 보고파서,
"엄마!" 하고 불렀더니, 순간 가슴속
그리움이 펑펑 용암처럼 치솟네요.

엄마! 그간도 평안하셨는지요?
이제는 이승 미련 다 버리시고
이 불효자의 때늦은 후회
너그러이 용서해주세요.

엄마! 요즘도 엄마가 보고플 때면
무시로 훌쩍이며 코흘리개가 됩니다.
엄마! 정말 보고 싶어요, 오늘도
그리움이 용솟음쳐 이 글을 올립니다.

엄마! 조만간 뵈올 때까지

늘 평강하시옵소서!

불효자 올림.

2014년 『성남탄천문학』 제7호

문안드립니다 1
― 서설(瑞雪)

쇠스랑 네 손발로 따비밭 일구시며
평생을 졸라매다 개미허리 되신 채
불귀의 머나먼 길을 서두르신 어머님!

어머님! 지금쯤은 섬섬옥수 고운 손길로
졸라맨 허리 풀고 함포고복하시는지요?
당신의 고혈만 빨던 불효자 문안드립니다.

피붙이들 뒤로하고 명부에 드실 때는
서설(瑞雪)로 대신하시며 말없이 가셨는데
지금은 따스한 곳에서 편안히 쉬시는지요?

문안으로 그리움을 달랠 수는 없지만
회갑연도 못 받으시고 불귀의 길 가셨기에
해마다 서설이 내리면 그리움 솟구칩니다.

어머님 떠나신 지 강산 세 번 바뀌면서
당신의 고혈로 자란 불효자 고희 넘었으니
조만간 다시 뫼실 날 학수고대 기다립니다.

어머님 30주기에

불효자 올림

문안드립니다 2

어머니, 아니 그리운 엄마!
그동안도 평안하셨는지요?

평생을 매나니 손으로
뙈기밭 일구시며, 허기진 몸
물밥으로 끼니를 때우시더니
얼마나 역겹고 고달프셨기에
그리 빨리도 떠나셨나요?

평생을 햇솜 같은 가슴으로
수정처럼 사셨으니 지금은
속세 번뇌 다 털어버리시고
편안하고 행복하게 지내시죠?

집안의 크고 작은 경사 때는
파안대소 눈물로 답하시고,
허구한 날 괴로움은
새카만 당신의 가슴속에
눈물로 감추시더니,

어머니!
한평생 매미처럼 살다 가신 엄마!
오늘도 불효자의 문안은
이렇듯 넋두리 눈물뿐입니다.

속세의 눈물 다 거두시고
늘 평강하시옵소서.

　　어머님 기일에
　　　　　불효자 올림.

울보

엄마! 오늘도 당신이 그리워
'어머님!' 하고 부르니 마음이 숙연해져서,
'어머니!' 하고 부르니 가슴이 찡해져서,
'엄마!' 하고 부르니 눈물이 목을 메이게 합니다.

엄마! 소자의 가슴에 각인된 당신은
영원토록 마르지 않을 눈물입니다.
그래서인가, 당신의 분신 불초자도 언제
어디서나 '어머니'라는 말만 들어도
"엄마!" 하며 흐느끼는 울보가 되었습니다.

엄마! 오늘도 불현듯 솟구친
당신 그리움에 어깨를 흐느끼며
눈에 어린 당신의 환영(幻影)을 봅니다.

젖먹이가 되어 목 놓아 부릅니다.
"엄마! 엄마~아……!"

허공의 메아리
— 그리움

어머니! 무시로
당신이 그리울 때면
구천에 메아리치도록
목 메이게 불러봅니다.

어머님~!
어머니~~!!
엄마~~~!!!

그러나 불러도 외쳐봐도
대답 없는 당신 그리움은
늘 허공에 흩어지는
메아리가 됩니다.

2006년 『성남문학』 제30집

그리운 것은

어머님! 그립습니다.
가슴 저리도록 보고 싶습니다.
평생 회초리 한 번 안 드시고
이 못난이 가슴으로 다독이시며
금지옥엽으로 키워주신 당신이!

어머니! 아니, 엄마!
당신의 가슴을 숯가마로 만든,
고희를 훌쩍 넘기고도
아직 철부지인 불효자가
이제금 그리운 것은
당신의 회초리입니다.

엄마, 그리운 엄마!
이 소자에게 지금이라도
회초리를 주실 수 있다면
얼마나 좋을까요?
그 품에 안기고 싶습니다.

엄마! 그날을
손꼽아 기다겠습니다.

밥

생사의 갈림길
보릿고개를 넘던 시절
어머님은 늘
당신의 허리를 졸라맨 만큼
나에게 고봉밥을 주셨다
꾹꾹 누르고 쌓아
무럭무럭 자라서
큰 그릇 되라고

그러나 그때마다
나는 고집스레
그 우수리를 덜어냈다
얼마나 속이 상하셨을까

그래서인지
어머님은 일찍 떠나시고
고집스럽던 나의 삶은

덜어낸 만큼의

그릇밖에 되지 못했다

때늦게 고봉밥이 그립다

2005년 7월 『우이시』 205호

개떡 1

솎음 배추나 열무 다발……
주섬주섬 있는 대로 짊어지고,
볏섬 같은 대광주리에
목뼈가 휘청대는 어머니 뒤를 따라
오일장을 누비던 보릿고개 시절엔
허기진 배 달래주던 꿀떡이었지.

용암처럼 이글이글 쏟아지는 땡볕,
가마솥처럼 푹푹 찌는 무더운 날
대광주리에 짓눌린 어머니 등줄기엔
젖가슴 드러난 해진 적삼 위로
소금꽃이 만발했었지.

이제 고희 고개에 걸터앉아
허우적대던 보릿고개를 돌아보며
가끔 쌀로 빚은 개떡을
별미 삼아 먹다 보면,
목구멍에 찝찔한 향수가 감돌아

윤기 잘잘 흐르는 피자보다

대광주리에 짓눌려 휘어버린

소금꽃 등허리로 빚은

밀기울 개떡이 그립다.

2010년 9월 『우리시』 제267호

샘물

할아버지 할머니!
샘물은 왜 아래로만 흘러
내를 이루고 바다가 되는지
첫 손주 얻어 돌보면서
털끝만큼 터득했습니다.
여생을 손주 자랑하시느라
허리 휘는 줄 모르시고
고슴도치가 되신 그 큰 뜻을.

아버지 어머니!
왜 무시로 뜨거운 샘물이
이토록 솟구쳐 흐르는지를
딸 아들 낳아 양육하며
바늘 끝만큼 깨달았습니다.
모난 돌 다듬어 옥돌 만들듯
가슴 아린 응석 보듬으시며,
"너도 애 낳아 키워보렴……!"
입버릇처럼 하신 말씀의 의미를.

하여, 상기도
활화산 용암처럼 면면히
제 심장을 뜨겁게 적셔주는
당신들의 바다 같던 그 샘물을
저는 지금
제 아들 딸 손주들에게
는개처럼 적셔주고 있습니다,
찔~끔, 찔~끔 분무기로.

그러니, 어찌하면
할머니 할아버지, 그리고
어머니 아버지의 그 사랑을
모두 물려줄 수 있을까요,
몽땅 베풀고 가야 할 텐데…….

연시(軟柿)

해마다 가을이면 여물던 어머니 사랑,
지금은 유년의 추억 속에 대롱대는
가지 끝 까치밥을 바라보며
검버섯 만발한 서릿발을 날리고 있다

사시사철 몰아치던 역겨운 비바람 눈보라도
운명의 삼종지도(三從之道) 가슴으로 삭이며
인내의 햇살로 보듬어 옹골차게 붉던 연시

석양 노을 뉘엿뉘엿 삭정가지 둥주리엔
까치들도 두려운지 찾지 않아
유년 시절의 꿈만 불면의 밤을 밝힌다,
추억 속에 여무는 연시를 그리며.

제6부

석고대죄

사죄의 넋두리

석고대죄 1

석고대죄 2

석고대죄 3

석고대죄 4

이유

사죄의 넋두리

아무리 생각해도 이해가 안 되네요.
어머니 가신 곳이 얼마나 먼 곳이기에
서둘러 떠나신 후엔 꿈길에도 못 뵙나요.

당신의 분신들 무운장구 기원하시다
앞세운 어린 남매 가슴에 묻으시더니
불귀의 저 세상에서 두 팔에 품으셨죠.*

불귀의 머나먼 길 홀연히 떠나셨기에
그립고 보고플 땐 무시로 훌쩍이다가
밤이면 젖먹이 되어 하얗게 보챕니다.

어머니! 천추에 씻지 못할 생전의 불효
때늦은 넋두리로 석고대죄 드리오니
조만간 찾아뵈올 때 회초리를 주소서.

* 삼우제 날 밤 꿈에 뵌 어머니께서 앞세운 남매를 소복한 모습으로
  두 팔에 안고 편안히 누워 계셨다.

석고대죄(席藁待罪) 1
— 어머니 20주기에

어머니! 오늘은
당신께서 떠나신 지 어느덧 20년,
그날을 상기하는 날입니다.

어머니! 당신께서 떠나시던 날
한평생 구리무* 한 번 제대로
바르지 못하신 당신의 손발은
등걸밭, 뙈기밭만 일구다가
삭아 문드러진 쇠스랑,
수년 가문 천수답이셨습니다.

한평생 졸라매기만 하시던
당신의 육신은
개미보다 더 나약한 허리의
창백한 번데기이셨습니다.

당신께서 한평생 입으셨던
한 움큼의 옷가지들은 몽땅
백결선생이 부끄러워할 것들,
이승에서 제일 호사스런
옷 한 벌 입으셨다면
마지막 떠나실 때 입으신
오직, 수의(壽衣)였을 뿐…….

어머니! 이 불효를
어찌하면 용서가 될까요?
오늘도 당신 앞에 후회막급의
하염없는 눈물로 속죄를 청합니다,
따끔한 초달을 내려주시옵소서,
어머니!

* 나의 어머니는 '크림'을 '구리무'라 발음하셨다.

석고대죄 2

어머니! 당신은
무쇠로 된 황소이셨습니다.
온갖 잡목 무성하던 자갈밭,
잠시만 눈 돌려도
잡초가 기승 부리던 뙈기밭,
가뭄이면 거북등 천수답(天水畓)을
문전옥답으로 일구시던 당신은!

어머니! 당신께서 마지막 떠나실 때
보여주신 그 무쇠 손발은
닳고 삭은 쇠스랑이었습니다.
'박하분'*은커녕, '구리무'*도
제대로 발라보지 못하시고
뜬눈으로 떠나신 당신의 얼굴은
천수를 다한 거북등이셨습니다.

어머니! 그럼에도,
당신께서 평생 고혈로 키우신

문전옥답 같은 다섯 남매는
모두 등 돌린 남남처럼
제 둥주리 가꾸기에만 혈안이 되어
뜨고 가신 눈마저 감겨드리지 못하고,
닳다 못해 삭아 뭉그러져 떠나신
쇠스랑, 당신을 잊고 삽니다,
영원한 우리의 사랑 당신을.

어머니! 불효막심한 이 소자를
어찌하면 용서받을 수 있을까요?
모진 회초리를 내려주시옵소서!

* '박하분'과 '구리무' : 지난날에 '분'과 '크림' 화장품을 일컫던 말.

석고대죄 3
　— 살모사(殺母蛇)의 참회

어머니! 소자는 살모사입니다

평생을 좀버러지처럼
당신의 골수를 갉아먹으며
흡혈귀처럼 당신의
피를 빨아 배를 불리고
고양이 생선 발라 먹듯
당신의 육신을 야금야금 저며
끝내, 모진 투병의 당신을
저승길로 밀어 던진 소자는 영원히
용서받지 못할 살모사입니다.
어찌하면 속죄가 될까요?

당신의 생명을 담보로
이 세상에 태어난 후
당신께서 마지막 떠나시던 순간까지
당신 가슴에 한을 안겨드린 죄
어이하면 용서가 될까요,

이 문열이 어찌하면
당신 품에 다시 안길 수 있을까요?

어머니! 나의 첫사랑 당신은
당신의 뼈와 살, 그리고
피를 버무려 이 몸을 주셨는데
어쩌나요! 이 죄인은 당신께서
마지막 숨을 모으시는 순간까지
당신의 앙상한 뼈와 살, 그리고
피를 빨아먹었으니,
어머니! 불초 소자 이 몸은
당신의 영원한 살모사입니다.

석고대죄, 용서를 빕니다.

* 문열이 : '무녀리'의 본디말.

석고대죄 4
— 청개구리의 참회(懺悔)

어머니! 참회의 말씀을 올립니다.
어머님 생전에 저지른 막중한 죄,
하늘이 노할, 영원히 씻을 수 없는 죄,
고희 능선에서 철들어 용서를 빕니다.

저의 앞날과 형제간의 화목을 위해
잠언의 말씀을 하실 때마다
불초자가 당신께 드린 말씀은 언제나,
"아니요."
"안 됩니다."
"아닌데요."
"그럴 수 없어요."
"모르시는 말씀 하지 마세요."
⋯⋯뿐이었지요.

어머님! 이 소행이
당신에게 얼마나 불손한 짓이었는지?
얼마나 당신의 가슴을 찢는 짓이었는지?

천벌 받아 마땅한 죄이었음을
이제야 깨달았습니다.

어머니! 그때마다
"네."
"됩니다."
"그렇습니다."
"그렇게 하겠습니다."
"어머니 말씀이 옳아요."
그 어느 한 말씀도 드리지 못한 점
이제야 석고대죄 드립니다.

어머니!
이 불초 소생 절대 용서하지 마시고
언제든 어머니 곁으로 호출하시어
호된 회초리를 주시옵소서.
달게 받겠습니다. 그것만이
어머니 가슴을 숯덩이로 만들어

갑년도 못 사시게 한
불초자에 대한 최대의 용서입니다.

어머니!
이 못난 청개구리의 때늦은 참회에
제발 호된 꾸지람 내려주시옵소서.
진실로 석고대죄 드리오니
받아주시옵소서.

<민조시>

이유

소맷귀 잡는데도
뿌리치시듯
서둘러 떠나신
보고픈 어머니.

뼈·살·피 다 주시고
껍질로만 사시더니,
삶이 역겨워
그리 서두셨나,
불귀의 그 길을.

옳거니, 알았네요
그 이유를,
이 몸의 불효
태산보다 큼을.

006년 1월 민조시 동인지 「十足鳥」 2집

| 닫는 넋두리 |

　세월이 아무리 흘러가도 잊을 수 없는 것이 있다면, 곁을
떠난 가족들이 아닐까 싶습니다. 여기에 담은 넋두리들은
바로 그분들에 대한 나의 회한과 그리움입니다.
　나의 조부모님과 부모님께서는, 종가 종손이라 해서 그
누구도 따를 수 없는 지극정성으로 이 불효자를 키워주셨
고, 앞서간 동생들은 형제간의 우애를 나눠보기도 전에 어
린 나이로 가슴 아픈 사별을 했습니다.
　따라서 나의 뇌리에는 그분들의 하해와 같은 사랑과 은
혜, 그리고 회한과 그리움이 각인되어 있습니다. 그래서인
가, 안타까운 그 사연들은 지금도 때와 장소를 가리지 않고
무시로 활화산의 용암이 되어 치솟고 있습니다. 그럴 때마
다 하나하나 둔필로 적어두고 있었는데, 여기에 담은 것들
이 바로 그 넋두리입니다.

　비록, 여기에 담은 넋두리들이 대부분 어머니에 관한 것
들이지만, 그렇다고 조부모님과 아버님의 사랑과 은혜가
부족해서가 아닙니다. 그분들은 모두 고희로부터 팔순을
전후하셨는데, 유독 어머님만은 평생 고생만 하시다가, 내
나이 불혹의 초반에 갑년도 맞지 못하고 모진 투병 끝에 갑

자기 이승을 떠나셨기 때문입니다. 그러다 보니, 어머님 살아 계실 때 보은(報恩)은커녕, 그분께 씻지 못할 불효만 많이 저지른 죄책감과 회한이 더 절절했기 때문입니다. 그래서 지금도 울적할 때면 고희 능선에서 그분을 가슴으로 불러봅니다.

"어머님~! 어머니~!! 그리운 엄마~!!!"

이 시집이 개인적으로는 일곱 번째이지만, 졸저는 '시집'이라기보다 불효자의 넋두리 모음집에 불과합니다. 따라서 세상에 내놓기가 부끄럽기 짝이 없고, 가신 분들께 또다시 불효를 저지르는 것 같아, 그동안 여러 해를 망설이다 이번에 용기를 내보았습니다.

어느 넋두리 한 조각이 나의 후손들이나, 미지의 어느 분에게 작으나마 울림이 되었으면 하는, 과분한 바람이 용기를 주었기 때문입니다. 작은 소망이 이루어졌으면 좋겠습니다.

2015년 4월
분당 불곡산 자락에서
두 손 모아 기원함.

위대한 바보,
그 이름 어머니!

1판 1쇄 · 2015년 5월 15일 ｜ 1판 2쇄 · 2017년 2월 10일

지은이 · 박영원
펴낸이 · 한봉숙
펴낸곳 · 푸른사상
주간 · 맹문재 ｜ 편집 · 지순이 ｜ 교정 · 김수란

등록 · 1999년 7월 8일 제2-2876호
주소 · 경기도 파주시 회동길 337-16(서패동 470-6) 푸른사상사 B/D
대표전화 · 031) 955-9111(2) ｜ 팩시밀리 · 031) 955-9114
이메일 · prun21c@hanmail.net / prunsasang@naver.com
홈페이지 · http://www.prun21c.com

ISBN 979-11-308-0408-8 03810

값 9,500원

위대한 바보,
그 이름 어머니!